For Colin, Hank, and Milo Meloy,
with love

First Candlewick Spanish edition 2020. Library of Congress Catalog Card Number pending. ISBN 978-0-7636-6529-6 (English hardcover).
ISBN 978-1-5362-1076-7 (English paperback). ISBN 978-1-5362-1067-5 (Spanish hardcover). ISBN 978-1-5362-1068-2 (Spanish paperback).
This book was typeset in WPGEllis. The illustrations were done in gouache and ink.
Candlewick Press, 99 Dover Street, Somerville, Massachusetts 02144. visit us at www.candlewick.com.
Printed in Shenzhen, Guangdong, China. 19 20 21 22 23 24 CCP 10 9 8 7 6 5 4 3 2 1

Hogar

Carson Ellis

CANDLEWICK PRESS

El hogar es una casa en el campo.

O el hogar es un apartamento.

Algunos hogares son barcos.

Algunos hogares son wigwams.

Algunos son palacios.

O guaridas subterráneas.

O zapatos.

Los franceses viven en hogares franceses.

Los atlantes hacen sus hogares bajo el agua.

Y algunas personas viven en la carretera.

Hogares limpios. Hogares desordenados.

Hogares altos.

Hogares bajos.

Hogares marinos.

Hogares de
abejas.

Hogares en
árboles huecos.

Pero, ¿de quién es este hogar?

¿Y éste?

¿Quién vivirá aquí?

¿Y por qué?

Este es el hogar de una duquesa eslovaca.

Este es el hogar de un herrero keniata.

Este es el hogar de un empresario japonés.

Este es el hogar de un dios nórdico.

Aquí vive una babushka.

Aquí vive un selenita.

Aquí vive un mapache.

Aquí vive una artista.

Este es mi hogar
y esta soy yo.

¿Dónde está tu hogar?
¿Dónde estás tú?